# El nombre de Dios

por
## Sandy Eisenberg Sasso

autora de *God's Paintbrush*

Ilustrado por
## Phoebe Stone

Traducido al español por
## Dennis C. Sasso

**Library of Congress Cataloging-in-Publication Data**
Sasso, Sandy Eisenberg.
In God's Name / by Sandy Eisenberg Sasso;
illustrated by Phoebe Stone.
p. cm.
ISBN 1-879045-26-5
1. Religion — Juvenile literature.
2. God — Name — Juvenile literature.
[1. God.]
I. Stone, Phoebe, date, ill.  II. Title.
BL92.S27  1994                    94-18262
291.2'11—dc20  CIP
            AC

**Spanish Language Cataloging-in-Publication Data**
Available upon request.

ISBN 1-893361-63-2 (Spanish)

10   9   8   7   6   5   4   3   2   1

Impreso en los Estados Unidos de América

*Walking Together, Finding the Way*

SKYLIGHT PATHS° Publishing
A Division of LongHill Partners, Inc.
Sunset Farm Offices, Route 4, P.O. Box 237
Woodstock, VT 05091
Tel: (802) 457-4000  Fax: (802) 457-4004
**www.skylightpaths.com**

# Books by Sandy Eisenberg Sasso

*But God Remembered: Stories of Women
from Creation to the Promised Land*

*Cain & Abel: Finding the Fruits of Peace*

*For Heaven's Sake*

*God Said Amen*

*God's Paintbrush*

*God in Between*

*In God's Name*

*Naamah, Noah's Wife*

*Noah's Wife: The Story of Naamah*

*What Is God's Name?*

*Dedicado a mi madre y
a la memoria de mi padre,
quien siempre escuchaba
y a Dennis,
mi compañero en el amor y en la fe.
—S.S.*


*Para David y Ethan, con amor.
—P.S.*

La voz de Dios reside en la originalidad
de cada individuo.
El Dios Santo, bendito sea, dijo:

"No os confundáis porque oís varias voces.
Sabed que yo soy el Uno y el mismo Dios."

*Pesikta de Rav Kahana 12:25*

Después que Dios
creó el mundo,
todos los seres vivientes
recibieron un nombre.
Las plantas y los árboles,
los animales y los peces,
cada persona,
tanto joven como anciana,
recibió su propio nombre.

Pero nadie sabía
cuál era el nombre de Dios.

Y cada persona buscaba el
nombre de Dios.

El granjero de piel
morena como
la fértil tierra
de la cual todo crecía,
llamó a Dios
*Fuente de Vida.*

# Easter baking

Easter parade

La niña de piel dorada como el sol

que ilumina el día

llamó a Dios

*Creador de la Luz.*

El hombre que cuidaba a las ovejas en el valle
llamó a Dios
*Pastor.*

El soldado fatigado de tantas batallas

llamó a Dios

*Hacedor de la Paz.*

El artista que tallaba figuras de la piedra

llamó a Dios

*Mi Roca.*

A veces, todos los
que le daban
diferentes nombres a Dios
se sentían perplejos.

Decían:
—Cada ser viviente
tiene sólo un nombre:
el clavel,
el pensamiento y la azucena;
el roble,
la secoya y el pino.
Dios ha de tener un sólo
nombre más importante
y maravilloso
que todos los otros.

Cada persona pensaba que su
nombre para Dios
era el mejor.
Cada persona pensaba que su
nombre para Dios
era el superior a todos.
El granjero que llamaba a Dios
*Fuente de Vida* decía:
—Este es el verdadero nombre
de Dios.
La niña que llamaba a Dios
*Creador de la Luz* insistía:
—Este es el nombre más
glorioso para Dios.
El pastor, el soldado
y el artista creían también
tener el nombre
perfecto para Dios.

Pero nadie les escuchaba.
Mucho menos, Dios.

Y así, cada persona seguía
buscando el nombre de Dios.

La mujer que cuidaba a los enfermos

llamó a Dios

*Mi Socorro.*

El siervo liberado de su esclavitud

llamó a Dios

*Redentor.*

El abuelo de cabello emblanquecido por los años

llamó a Dios

*El Eterno.*

La abuela encorvada por los años y las penas

llamó a Dios

*Consolador.*

La mujer que amamantaba a su recién nacido
llamó a Dios
*Madre.*

El hombre que tomaba la mano de su hijita

llamó a Dios

*Padre.*

Y el niño
que se sentía solo
llamó a Dios
*Amigo.*

Todos le daban a Dios
diferentes nombres.
Cada uno decía
que su nombre
era el mejor,
el único nombre para Dios,
superior a todos los otros.

Pero nadie les escuchaba.
Mucho menos, Dios.

Y así, cada persona
seguía buscando
el nombre de Dios.

Un día la persona
que llamó a Dios
*El Eterno*
y la que llamó a Dios
*Amigo*
y la que llamó a Dios
*Madre*
y la que llamó a Dios
*Padre* —
todas las personas que le
daban a Dios
diferentes nombres,
se reunieron.

Se arrodillaron ante un lago
claro y tranquilo
como un espejo,
el espejo de Dios.

Entonces, cada cual que le
había dado un nombre
a Dios
miró a los otros que
también le habían dado
nombres a Dios.
Se miraron en el espejo
de Dios,
vieron el reflejo de sus caras y
el de las caras
de todos los otros.

Y entonces comenzaron a
recitar sus
nombres para Dios —
— *Fuente de Vida*
— *Creador de la Luz*
— *Pastor*
— *Hacedor de la Paz*
— *Mi Roca* — *Mi Socorro*
— *Redentor*
— *El Eterno*
— *Consolador*
— *Madre* — *Padre*
— *Amigo*
todos al mismo tiempo.

En ese momento,
comprendieron
que todos los nombres que
habían dado a Dios
eran buenos,
y que ningún nombre
era mejor que otro.

Y así, todos juntos
unieron sus voces
y llamaron a Dios
*Uno.*

Todos escucharon.
Sobre todo,
Dios.